MOLIÈRE

MÉLICERTE

PARIS

Librairie E. Flammarion

M DCCC XCII

LES PIÈCES DE MOLIÈRE

MÉLICERTE

TIRAGE A PETIT NOMBRE

Il a été tiré en outre :

20 exemplaires sur papier du Japon, avec triple épreuve de la gravure (nos 1 à 20).

25 exemplaires sur papier de Chine fort, avec double épreuve de la gravure (nos 21 à 45).

25 exemplaires sur papier Whatman, avec double épreuve de la gravure (nos 46 à 70).

---

70 exemplaires, numérotés.

MOLIÈRE

MÉLICERTE

COMÉDIE EN DEUX ACTES

SUIVIE DE LA

PASTORALE COMIQUE

AVEC UNE NOTICE ET DES NOTES

PAR

GEORGES MONVAL

Dessin de L. Leloir

GRAVÉ A L'EAU-FORTE PAR CHAMPOLLION

PARIS

LIBRAIRIE DES BIBLIOPHILES

E. FLAMMARION SUCCESSEUR

Rue Racine, 26, près de l'Odéon

M DCCC XCII

NOTICE

SUR *MÉLICERTE*

ET

LA PASTORALE COMIQUE

Si Molière traitait de bagatelle une pièce de la valeur du MÉDECIN MALGRÉ LUI, *que devait-il penser de* MÉLICERTE, *qu'il laissa inachevée, et de la* PASTORALE COMIQUE, *où il ne s'élève pas beaucoup au-dessus d'un Benserade ou d'un Vizé?*

C'étaient là des improvisations de commande, des obligations de sa charge de chef de la troupe du Roi; elles ne comptaient pas dans son œuvre, et il ne les fit jamais imprimer.

Les éditeurs de 1682 n'ont-ils pas trahi la volonté de l'auteur en publiant MÉLICERTE? *Ils ont, du moins, négligé la* PASTORALE COMIQUE, *dont nous ne connaissons que les fragments chantés, recueillis par le livret du* BALLET DES MUSES.

Parlons donc du BALLET DES MUSES.

Quatre mois après la première représentation du MÉDECIN MALGRÉ LUI, *la troupe du Palais-Royal était appelée à Saint-Germain, et le bon plaisir du Roi privait, pendant près de trois mois, Paris de ses comédiens préférés.*

Le deuil de la Reine-mère avait pris fin. Les fêtes allaient succéder aux fêtes.

La troupe partit le mercredi 1er décembre, et dès le lendemain elle était employée au grand ballet royal connu sous le nom de BALLET DES MUSES, *dansé en présence de la Reine, de Monsieur et de toute la cour.*

Molière était ici le collaborateur de Benserade, qui lui fit la galanterie de ce quatrain, imprimé au livret :

Le célèbre Molière est dans un grand éclat ;
Son mérite est connu de Paris jusqu'à Rome.
Il est avantageux partout d'être honnête homme,
Mais il est dangereux avec lui d'être un fat.

Et l'ordonnateur du ballet ajoute, au sommaire de la 3e entrée : « Thalie, à qui la Comédie est consacrée, a pour partage une pièce comique *représentée par les comédiens du Roy, et composée par* celui de tous nos poètes qui, dans ce genre d'écrire, peut le plus justement se comparer aux anciens. »

Cette « pièce comique » était MÉLICERTE, *dont Molière avait dû rapidement tirer le sujet soit des* ILLUSTRES PÊCHEURS, *de son ami Marcassus, soit de l'histoire égyptienne de Timarète et de Sésostris qu'on trouve dans la 6e partie du* GRAND CYRUS.

Le succès est constaté par Robinet, qui s'exprime ainsi dans sa LETTRE EN VERS *du 12 décembre :*

Thalie, aimant plus sagement
Ce qui donne de l'enjouement,
Est comiquement divertie
Par une belle comédie
Dont Molière, en cela docteur,
Est le très admirable auteur.

Molière joua lui-même le personnage du pâtre Lycarsis. Il avait fait pour le jeune Baron, entré chez lui l'année précédente en qualité d'élève et qu'il aimait comme un fils, le joli rôle de Myrtil.

« Mais le bien que Molière faisait à Baron déplaisait à sa femme, remarque Grimarest. Elle s'échappa même un jour de lui donner un soufflet sur un sujet assez léger. Le jeune homme (il avait treize ans) en fut si vivement piqué qu'il se retira de chez Molière. Voilà de la rumeur dans la maison : — « Est-il possible, dit Molière à son épouse, que vous « ayez l'imprudence de frapper un enfant aussi sen- « sible que vous connaissez celui-là, et encore dans « un temps où il est chargé d'un rôle de six cents « vers dans la pièce que nous devons représenter in- « cessamment devant le Roi ? » Il tâcha d'adoucir le jeune homme, qui s'était sauvé chez la Raisin. Rien ne pouvait le ramener, il était trop irrité ; cependant

il promit qu'il représenterait son rôle, mais qu'il ne rentrerait point chez Molière. En effet, il eut la hardiesse de demander au Roi, à Saint-Germain, la permission de se retirer; et, incapable de réflexion, il se remit dans la troupe de la Raisin, qui l'avait excité à tenir ferme dans son ressentiment. »

Myrtil parti, plus de MÉLICERTE : *la pièce n'eut qu'une seule représentation, Molière ne fit pas le 3e acte, et le Palais-Royal ne vit jamais la pastorale dont Saint-Germain avait eu la primeur.*

Trente ans plus tard, le fils qu'Armande Béjart eut de son second mariage, Nicolas Guérin, eut l'idée de terminer la pièce de Molière; il ne se contenta pas d'y ajouter un 3e acte, il refit les deux premiers en vers irréguliers, demanda la musique au compositeur Lalande et fit représenter MYRTIL ET MÉLICERTE *à Fontainebleau, devant la cour, et neuf fois à la Comédie-Française, du 10 janvier au 4 février 1699.*

En 1864, M. Édouard Thierry, toujours empressé à ressusciter les curiosités de l'ancien théâtre, remonta des fragments de MÉLICERTE *pour accompagner une reprise de* LA COMTESSE D'ESCARBAGNAS. *Mais la distribution ne pouvait être plus médiocre*[1]*, et les deux pièces disparurent au bout de trois soirées.*

En novembre 1890, l'Odéon a repris MÉLICERTE

1. Lycarsis, M. Chéry; Mopse, M. Tronchet; Nicandre, M. Montet; Myrtil, Mlle Tordeus; Daphné, Mlle Lloyd; Éroxène, Mlle Rose Deschamps.

avec **Mlles Duluc** *(Myrtil), Calix (Mélicerte), Guernier, Manvel; MM. Matrat, Gauthier et Dupont*

Un spirituel prologue *de M. Henri Chantavoine résumait l'histoire de la pièce, qui n'est pas assurément parmi les meilleures de Molière, mais qui ne mérite pas l'injuste dédain de la critique. Les étrangers sont plus respectueux de nos gloires : un poète autrichien, Grillpartzer, mort en 1875, à 82 ans, citait le second monologue de* MÉLICERTE *comme un modèle de poésie lyrique.*

Et le couplet de Myrtil :

> Innocente petite bête ;

et le délicieux duo :

> J'ai fait tantôt, charmante Mélicerte,
> Un petit prisonnier que je garde pour vous ;

et la touchante scène de Lycarsis :

> Ah ! que pour ses enfants un père a de tendresse !

tout cela n'est-il pas digne d'être conservé et remis de temps à autre dans la mémoire des spectateurs ?

Mais revenons à Saint-Germain. MÉLICERTE *manquant faute de Myrtil, plus de 3e entrée au* BALLET DES MUSES. *Il fallait suppléer au plus tôt, le Roi n'aimait pas attendre, et Molière avait dit déjà dans son* IMPROMPTU DE VERSAILLES, *en parlant des grands : « Nous ne devons jamais nous regarder dans ce qu'ils désirent de nous, nous ne sommes que pour leur plaire.*

Il vaut mieux s'acquitter mal de ce qu'ils nous demandent que de ne s'en acquitter pas assez tôt; et si l'on a la honte de n'avoir pas bien réussi, on a toujours la gloire d'avoir obéi vite à leurs commandements. »

> Sosie! à quelle servitude
> Tes jours sont-ils assujettis!

A quel prix Molière dut-il acheter la constante protection du Roi*! Il a de grands desseins en tête? qu'importe, vite une bergerie, des fadeurs rimées, des vers à chanter, que Lulli musiquera à la hâte. Mais l'inspiration? mais les sages lenteurs d'une exécution patiente? Le temps ne fait rien à l'affaire, Alceste ne vient-il pas de le déclarer. Dépêchez, tôt, vite, promptement; service du* Roi*!*

Et c'est ainsi que le pauvre grand homme bâcla la Pastorale comique, *qui put remplacer l'héroïque au* Ballet des Muses *dès le commencement de janvier* 1667 :

> Le ballet fit des mieux son train,
> Mélangé d'une *pastorale*
> Qu'on dit tout à fait joviale,
> Et par Molière faite exprès.

La Grange, en son Registre, *donne à ce nouvel impromptu le titre de* Coridon, *du nom du rôle que lui-même y représentait, à côté de Molière et de Mlle de Brie.*

La 4e entrée, qui suivait celle-ci, réunissait quatre

noms illustres : quel temps féerique que celui qui faisait pour quelques heures, dans les coulisses d'un théâtre de verdure, les comédiens du Palais-Royal camarades du Roi, de Madame, de Mlle de la Vallière et de la marquise de Montespan !

A ce même ballet contribuèrent, pour leur part, la troupe royale de l'Hôtel de Bourgogne, les comédiens Italiens et les comédiens Espagnols; le Roi dansait encore dans la 8e entrée, Madame dans la 11e; et quand, pour fournir aux illustres danseurs l'occasion de paraître en riches costumes mauresques, on résolut d'ajouter une 14e entrée, Molière dut encore travailler sur commande et sur mesure, et livrer à heure fixe son AMOUR PEINTRE, *comme il avait fait pour Versailles son* AMOUR MÉDECIN.

LE SICILIEN *fut prêt au commencement de février et rajeunit le succès du* BALLET DES MUSES *jusqu'à la fin de ce carnaval mémorable.*

GEORGES MONVAL.

MÉLICERTE

COMÉDIE PASTORALE HÉROÏQUE

LES PERSONNAGES

ACANTE, amant de Daphné.
TYRÈNE, amant d'Éroxène.
DAPHNÉ, bergère.
ÉROXENE, bergère.
LYCARSIS, pâtre, cru père de Myrtil.
MYRTIL, amant de Mélicerte.
MÉLICERTE, nymphe ou bergère, amante de Myrtil.
CORINNE, confidente de Mélicerte.
NICANDRE, berger.
MOPSE, berger, cru oncle de Mélicerte.

La scène est en Thessalie, dans la vallée de Tempé.

MÉLICERTE

ACTE PREMIER

SCÈNE PREMIÈRE

TYRÈNE, DAPHNE, ACANTE, ÉROXÈNE.

ACANTE.

AH! charmante Daphné!

TYRÈNE.

Trop aimable Éroxène!

DAPHNÉ.

Acante, laisse-moi.

ÉROXÈNE.

Ne me suis point, Tyrène.

ACANTE.

Pourquoi me chasses-tu?

TYRÈNE.

Pourquoi fuis-tu mes pas?

DAPHNÉ.

Tu me plais loin de moi.

ÉROXÈNE.

Je m'aime où tu n'es pas.

ACANTE.

Ne cesseras-tu point cette rigueur mortelle?

TYRÈNE.

Ne cesseras-tu point de m'être si cruelle?

DAPHNÉ.

Ne cesseras-tu point tes inutiles vœux?

ÉROXÈNE.

Ne cesseras-tu point de m'être si fâcheux?

ACANTE.

Si tu n'en prends pitié, je succombe à ma peine.

TYRÈNE.

Si tu ne me secours, ma mort est trop certaine.

DAPHNÉ.

Si tu ne veux partir, je vais quitter ce lieu.

ÉROXÈNE.

Si tu veux demeurer, je te vais dire adieu.

ACANTE.

Hé bien! en m'éloignant je te vais satisfaire.

TYRÈNE.

Mon départ va t'ôter ce qui peut te déplaire.

ACANTE.

Généreuse Éroxène, en faveur de mes feux
Daigne au moins, par pitié, lui dire un mot ou deux.

TYRÈNE.

Obligeante Daphné, parle à cette inhumaine,
Et sache d'où pour moi procède tant de haine

SCÈNE II

DAPHNÉ. ÉROXÈNE.

ÉROXÈNE.

Acante a du mérite, et t'aime tendrement ;
D'où vient que tu lui fais un si dur traitement ?

DAPHNÉ.

Tyrène vaut beaucoup, et languit pour tes charmes :
D'où vient que sans pitié tu vois couler ses larmes ?

ÉROXÈNE.

Puisque j'ai fait ici la demande avant toi,
La raison te condamne à répondre avant moi.

DAPHNÉ.

Pour tous les soins d'Acante on me voit inflexible,
Parce qu'à d'autres vœux je me trouve sensible.

ÉROXÈNE.

Je ne fais pour Tyrène éclater que rigueur,
Parce qu'un autre choix est maître de mon cœur.

DAPHNÉ.

Puis-je savoir de toi ce choix qu'on te voit taire ?

ÉROXÈNE.

Oui, si tu veux du tien m'apprendre le mystère.

DAPHNÉ.

Sans te nommer celui qu'Amour m'a fait choisir,
Je puis facilement contenter ton désir,
Et de la main d'Atis, ce peintre inimitable,
J'en garde dans ma poche un portrait admirable
Qui jusqu'au moindre trait lui ressemble si fort
Qu'il est sûr que tes yeux le connoîtront d'abord.

ÉROXÈNE.

Je puis te contenter par une même voie,
Et payer ton secret en pareille monnoie.
J'ai, de la main aussi de ce peintre fameux,
Un aimable portrait de l'objet de mes vœux,
Si plein de tous ses traits et de sa grâce extrême
Que tu pourras d'abord te le nommer toi-même.

DAPHNÉ.

La boîte que le peintre a fait faire pour moi
Est tout à fait semblable à celle que je voi.

ÉROXÈNE.

Il est vrai, l'une à l'autre entièrement ressemble,
Et certe il faut qu'Atis les ait fait faire ensemble.

DAPHNÉ.

Faisons en même temps, par un peu de couleurs,
Confidence à nos yeux du secret de nos cœurs.

ÉROXÈNE.

Voyons à qui plus vite entendra ce langage,
Et qui parle le mieux, de l'un ou l'autre ouvrage.

DAPHNÉ.

La méprise est plaisante, et tu te brouilles bien :
Au lieu de ton portrait tu m'as rendu le mien.

ÉROXÈNE.

Il est vrai. Je ne sais comme j'ai fait la chose.

DAPHNÉ.

Donne. De cette erreur ta rêverie est cause.

ÉROXÈNE.

Que veut dire ceci? Nous nous jouons, je croi
Tu fais de ces portraits même chose que moi.

DAPHNÉ.

Certe, c'est pour en rire, et tu peux me le rendre.

ÉROXÈNE, *mettant les deux portraits l'un à côté de l'autre.*

Voici le vrai moyen de ne se point méprendre.

DAPHNÉ.

De mes sens prévenus est-ce une illusion?

ÉROXÈNE.

Mon âme sur mes yeux fait-elle impression?

DAPHNÉ.

Myrtil à mes regards s'offre dans cet ouvrage.

ÉROXÈNE.

De Myrtil dans ces traits je rencontre l'image.

DAPHNÉ.

C'est le jeune Myrtil qui fait naître mes feux.

ÉROXÈNE.

C'est au jeune Myrtil que tendent tous mes vœux.

DAPHNÉ.

Je venois aujourd'hui te prier de lui dire
Les soins que pour son sort son mérite m'inspire.

ÉROXÈNE.

Je venois te chercher pour servir mon ardeur
Dans le dessein que j'ai de m'assurer son cœur.

DAPHNÉ.

Cette ardeur qu'il t'inspire est-elle si puissante?

ÉROXÈNE.

L'aimes-tu d'une amour qui soit si violente?

DAPHNÉ.

Il n'est point de froideur qu'il ne puisse enflammer,
Et sa grâce naissante a de quoi tout charmer.

ÉROXÈNE.

Il n'est nymphe en l'aimant qui ne se tînt heureuse,
Et Diane, sans honte, en seroit amoureuse.

DAPHNÉ.

Rien que son air charmant ne me touche aujourd'hui,
Et, si j'avois cent cœurs, ils seroient tous pour lui.

ÉROXÈNE.

Il efface à mes yeux tout ce qu'on voit paraître,
Et, si j'avois un sceptre, il en seroit le maître.

DAPHNÉ.

Ce seroit donc en vain qu'à chacune, en ce jour,
On nous voudroit du sein arracher cet amour;
Nos âmes dans leurs vœux sont trop bien affermies.
Ne tâchons, s'il se peut, qu'à demeurer amies;
Et, puisque en même temps, pour le même sujet,
Nous avons toutes deux formé même projet,
Mettons dans ce débat la franchise en usage :
Ne prenons l'une et l'autre aucun lâche avantage,
Et courons nous ouvrir ensemble à Lycarsis
Des tendres sentiments où nous jette son fils.

ÉROXÈNE.

J'ai peine à concevoir, tant la surprise est forte,

Comme un tel fils est né d'un père de la sorte ;
Et sa taille, son air, sa parole et ses yeux
Feroient croire qu'il est issu du sang des dieux.
Mais enfin j'y souscris, courons trouver ce père.
Allons lui de nos cœurs découvrir le mystère,
Et consentons qu'après Myrtil entre nous deux
Décide par son choix ce combat de nos vœux.

DAPHNÉ.

Soit. Je vois Lycarsis avec Mopse et Nicandre ;
Ils pourront le quitter, cachons-nous pour attendre.

SCÈNE III

LYCARSIS, MOPSE, NICANDRE.

NICANDRE.

Dis-nous donc ta nouvelle.

LYCARSIS.

Ah ! que vous me pressez !
Cela ne se dit pas comme vous le pensez.

MOPSE.

Que de sottes façons et que de badinage !
Ménalque pour chanter n'en fait pas davantage.

LYCARSIS.

Parmi les curieux des affaires d'État,
Une nouvelle à dire est d'un puissant éclat.
Je me veux mettre un peu sur l'homme d'importance,
Et jouir quelque temps de votre impatience.

NICANDRE.

Veux-tu par tes délais nous fatiguer tous deux?

MOPSE.

Prends-tu quelque plaisir à te rendre fâcheux?

NICANDRE.

De grâce, parle, et mets ces mines en arrière.

LYCARSIS.

Priez-moi donc tous deux de la bonne manière,
Et me dites chacun quel don vous me ferez
Pour obtenir de moi ce que vous désirez.

MOPSE.

La peste soit du fat! Laissons-le là, Nicandre;
Il brûle de parler, bien plus que nous d'entendre.
Sa nouvelle lui pèse, il veut s'en décharger,
Et ne l'écouter pas est le faire enrager.

LYCARSIS.

Hé!

NICANDRE.

Te voilà puni de tes façons de faire.

LYCARSIS.

Je m'en vais vous le dire, écoutez.

MOPSE.

Point d'affaire.

LYCARSIS.

Quoi! vous ne voulez pas m'entendre?

NICANDRE.

Non.

LYCARSIS.

Eh bien,

Je ne dirai donc mot, et vous ne saurez rien.

MOPSE.

Soit.

LYCARSIS.

Vous ne saurez pas qu'avec magnificence
Le roi vient d'honorer Tempé de sa présence,
Qu'il entra dans Larisse hier sur le haut du jour,
Qu'à l'aise je l'y vis avec toute sa cour,
Que ces bois vont jouir aujourd'hui de sa vue,
Et qu'on raisonne fort touchant cette venue.

NICANDRE.

Nous n'avons pas envie aussi de rien savoir.

LYCARSIS.

Je vis cent choses là ravissantes à voir.
Ce ne sont que seigneurs qui, des pieds à la tête,
Sont brillants et parés comme au jour d'une fête.
Ils surprennent la vue, et nos prés au printemps,
Avec toutes leurs fleurs, sont bien moins éclatants.
Pour le prince, entre tous sans peine on le remarque,
Et d'une stade loin il sent son grand monarque ;
Dans toute sa personne il a je ne sais quoi
Qui d'abord fait juger que c'est un maître roi.
Il le fait d'une grâce à nulle autre seconde,
Et cela, sans mentir, lui sied le mieux du monde.
On ne croiroit jamais comme de toutes parts
Toute sa cour s'empresse à chercher ses regards :
Ce sont autour de lui confusions plaisantes,
Et l'on diroit d'un tas de mouches reluisantes
Qui suivent en tous lieux un doux rayon de miel;

Enfin l'on ne voit rien de si beau sous le ciel,
Et la fête de Pan, parmi nous si chérie,
Auprès de ce spectacle est une gueuserie.
Mais, puisque sur le fier vous vous tenez si bien,
Je garde ma nouvelle, et ne veux dire rien.

MOPSE.

Et nous ne te voulons aucunement entendre.

LYCARSIS.

Allez vous promener.

MOPSE.

Va-t'en te faire pendre.

SCÈNE IV

ÉROXÈNE, DAPHNÉ, LYCARSIS.

LYCARSIS.

C'est de cette façon que l'on punit les gens
Quand ils font les benêts et les impertinents.

DAPHNÉ.

Le ciel tienne, pasteur, vos brebis toujours saines!

ÉROXÈNE.

Cérès tienne de grains vos granges toujours pleines!

LYCARSIS.

Et le grand Pan vous donne à chacune un époux
Qui vous aime beaucoup et soit digne de vous!

DAPHNÉ.

Ah! Lycarsis, nos vœux à même but aspirent.

ÉROXÈNE.

C'est pour le même objet que nos deux cœurs soupirent.

DAPHNÉ.

Et l'Amour, cet enfant qui cause nos langueurs,
A pris chez vous le trait dont il blesse nos cœurs.

ÉROXÈNE.

Et nous venons ici chercher votre alliance,
Et voir qui de nous deux aura la préférence.

LYCARSIS.

Nymphes...

DAPHNÉ.

Pour ce bien seul nous poussons des soupirs.

LYCARSIS.

Je suis...

ÉROXÈNE.

A ce bonheur tendent tous nos désirs.

DAPHNÉ.

C'est un peu librement expliquer sa pensée.

LYCARSIS.

Pourquoi?

ÉROXÈNE.

La bienséance y semble un peu blessée.

LYCARSIS.

Ah! point.

DAPHNÉ.

Mais, quand le cœur brûle d'un noble feu,
On peut sans nulle honte en faire un libre aveu.

LYCARSIS.

Je...

ÉROXÈNE.

Cette liberté nous peut être permise,
Et du choix de nos cœurs la beauté l'autorise.

LYCARSIS.

C'est blesser ma pudeur que me flatter ainsi.

ÉROXÈNE.

Non, non, n'affectez point de modestie ici.

DAPHNÉ.

Enfin tout notre bien est en votre puissance.

ÉROXÈNE.

C'est de vous que dépend notre unique espérance.

DAPHNÉ.

Trouverons-nous en vous quelques difficultés ?

LYCARSIS.

Ah !

ÉROXÈNE.

Nos vœux, dites-moi, seront-ils rejetés ?

LYCARSIS.

Non, j'ai reçu du Ciel une âme peu cruelle ;
Je tiens de feu ma femme, et je me sens, comme elle,
Pour les désirs d'autrui beaucoup d'humanité,
Et je ne suis point homme à garder de fierté.

DAPHNÉ.

Accordez donc Myrtil à notre amoureux zèle.

ÉROXÈNE.

Et souffrez que son choix règle notre querelle.

LYCARSIS.

Myrtil ?

DAPHNÉ.

Oui, c'est Myrtil que de vous nous voulons.

ÉROXÈNE.

De qui pensez-vous donc qu'ici nous vous parlons?

LYCARSIS.

Je ne sais ; mais Myrtil n'est guère dans un âge
Qui soit propre à ranger au joug du mariage.

DAPHNÉ.

Son mérite naissant peut frapper d'autres yeux,
Et l'on veut s'engager un bien si précieux,
Prévenir d'autres cœurs, et braver la Fortune
Sous les fermes liens d'une chaîne commune.

ÉROXÈNE.

Comme par son esprit et ses autres brillants
Il rompt l'ordre commun et devance le temps,
Notre flamme pour lui veut en faire de même,
Et régler tous ses vœux sur son mérite extrême.

LYCARSIS.

Il est vrai qu'à son âge il surprend quelquefois ;
Et cet Athénien qui fut chez moi vingt mois,
Qui, le trouvant joli, se mit en fantaisie
De lui remplir l'esprit de sa philosophie,
Sur de certains discours l'a rendu si profond
Que, tout grand que je suis, souvent il me confond.
Mais, avec tout cela, ce n'est encor qu'enfance,
Et son fait est mêlé de beaucoup d'innocence.

DAPHNÉ.

Il n'est point tant enfant qu'à le voir chaque jour
Je ne le croie atteint déjà d'un peu d'amour,

Et plus d'une aventure à mes yeux s'est offerte
Où j'ai connu qu'il suit la jeune Mélicerte.

ÉROXÈNE.

Ils pourroient bien s'aimer, et je vois...

LYCARSIS.

Franc abus.
Pour elle, passe encore : elle a deux ans de plus.
Et deux ans, dans son sexe, est une grande avance :
Mais, pour lui, le jeu seul l'occupe tout, je pense.
Et les petits désirs de se voir ajusté
Ainsi que les bergers de haute qualité.

DAPHNÉ.

Enfin nous désirons par le nœud d'hyménée
Attacher sa fortune à notre destinée.

ÉROXÈNE.

Nous voulons l'une et l'autre, avec pareille ardeur,
Nous assurer de loin l'empire de son cœur.

LYCARSIS.

Je m'en tiens honoré autant qu'on sauroit croire.
Je suis un pauvre pâtre, et ce m'est trop de gloire
Que deux nymphes d'un rang le plus haut du pays
Disputent à se faire un époux de mon fils.
Puisqu'il vous plait qu'ainsi la chose s'exécute,
Je consens que son choix règle votre dispute :
Et celle qu'à l'écart laissera cet arrêt
Pourra, pour son recours, m'épouser, s'il lui plaît :
C'est toujours même sang et presque même chose.
Mais le voici, souffrez qu'un peu je le dispose.

Il tient quelque moineau qu'il a pris fraîchement.
Et voilà ses amours et son attachement.

SCÈNE V

MYRTIL, LYCARSIS, EROXÈNE, DAPHNE.

MYRTIL.

Innocente petite bête,
Qui contre ce qui vous arrête
Vous débattez tant à mes yeux,
De votre liberté ne plaignez point la perte:
Votre destin est glorieux,
Je vous ai pris pour Mélicerte.

Elle vous baisera, vous prenant dans sa main,
Et de vous mettre en son sein
Elle vous fera la grâce.
Est-il un sort au monde et plus doux et plus beau?
Et qui des rois, hélas! heureux petit moineau,
Ne voudroit être en votre place?

LYCARSIS.

Myrtil, Myrtil, un mot. Laissons là ces joyaux,
Il s'agit d'autre chose ici que de moineaux.
Ces deux nymphes, Myrtil, à la fois te prétendent,
Et tout jeune déjà pour époux te demandent.

Je dois par un hymen t'engager à leurs vœux,
Et c'est toi que l'on veut qui choisisse des deux.

MYRTIL.

Ces nymphes...

LYCARSIS.

Oui, des deux tu peux en choisir une.
Vois quel est ton bonheur, et bénis la Fortune.

MYRTIL.

Ce choix qui m'est offert peut-il m'être un bonheur
S'il n'est aucunement souhaité de mon cœur?

LYCARSIS.

Enfin, qu'on le reçoive, et que, sans le confondre,
A l'honneur qu'elles font on songe à bien répondre.

ÉROXÈNE.

Malgré cette fierté qui règne parmi nous,
Deux nymphes, ô Myrtil, viennent s'offrir à vous,
Et de vos qualités les merveilles écloses
Font que nous renversons ici l'ordre des choses.

DAPHNÉ.

Nous vous laissons, Myrtil, pour l'avis le meilleur,
Consulter sur ce choix vos yeux et votre cœur,
Et nous n'en voulons point prévenir les suffrages
Par un récit paré de tous nos avantages.

MYRTIL.

C'est me faire un honneur dont l'éclat me surprend;
Mais cet honneur pour moi, je l'avoue, est trop grand.
A vos rares bontés il faut que je m'oppose;
Pour mériter ce sort, je suis trop peu de chose:
Et je serois fâché, quels qu'en soient les appas,

Qu'on vous blamât pour moi de faire un choix trop bas.

ÉROXÈNE.

Contentez nos désirs, quoi qu'on en puisse croire,
Et ne vous chargez point du soin de notre gloire.

DAPHNÉ.

Non, ne descendez point dans ces humilités,
Et laissez-nous juger ce que vous méritez.

MYRTIL.

Le choix qui m'est offert s'oppose à votre attente,
Et peut seul empêcher que mon cœur vous contente.
Le moyen de choisir de deux grandes beautés
Égales en naissance et rares qualités?
Rejeter l'une ou l'autre est un crime effroyable,
Et n'en choisir aucune est bien plus raisonnable.

ÉROXÈNE.

Mais, en faisant refus de répondre à nos vœux,
Au lieu d'une, Myrtil, vous en outragez deux.

DAPHNÉ.

Puisque nous consentons à l'arrêt qu'on peut rendre,
Ces raisons ne font rien à vouloir s'en défendre.

MYRTIL.

Eh bien, si ces raisons ne vous satisfont pas,
Celle-ci le fera : j'aime d'autres appas,
Et je sens bien qu'un cœur qu'un bel objet engage
Est insensible et sourd à tout autre avantage.

LYCARSIS.

Comment donc? qu'est-ce ci? qui l'eût pu présumer?
Et savez-vous, morveux, ce que c'est que d'aimer?

MYRTIL.

Sans savoir ce que c'est, mon cœur a su le faire.

LYCARSIS.

Mais cet amour me choque et n'est pas nécessaire.

MYRTIL.

Vous ne deviez donc pas, si cela vous déplaît,
Me faire un cœur sensible et tendre comme il est.

LYCARSIS.

Mais ce cœur que j'ai fait me doit obéissance.

MYRTIL.

Oui, lorsque d'obéir il est en sa puissance.

LYCARSIS.

Mais enfin sans mon ordre il ne doit point aimer.

MYRTIL.

Que n'empêchiez-vous donc que l'on pût le charmer?

LYCARSIS.

Eh bien, je vous défends que cela continue.

MYRTIL.

La défense, j'ai peur, sera trop tard venue.

LYCARSIS.

Quoi! les pères n'ont pas des droits supérieurs?

MYRTIL.

Les dieux, qui sont bien plus, ne forcent point les cœurs.

LYCARSIS.

Les dieux... Paix, petit sot, cette philosophie
Me...

DAPHNÉ.

Ne vous mettez point en courroux, je vous prie.

LYCARSIS.

Non, je veux qu'il se donne à l'une pour époux,
Ou je vais lui donner le fouet tout devant vous.
Ah! ah! je vous ferai sentir que je suis père.

DAPHNÉ.

Traitons, de grâce, ici les choses sans colère.

ÉROXÈNE.

Peut-on savoir de vous cet objet si charmant
Dont la beauté, Myrtil, vous a fait son amant?

MYRTIL.

Mélicerte, Madame; elle en peut faire d'autres.

ÉROXÈNE.

Vous comparez, Myrtil, ses qualités aux nôtres?

DAPHNÉ.

Le choix d'elle et de nous est assez inégal.

MYRTIL.

Nymphes, au nom des dieux, n'en dites point de mal;
Daignez considérer, de grâce, que je l'aime,
Et ne me jetez point dans un désordre extrême.
Si j'outrage, en l'aimant, vos célestes attraits,
Elle n'a point de part au crime que je fais :
C'est de moi, s'il vous plaît, que vient toute l'offense.
Il est vrai, d'elle à vous je sais la différence;
Mais par sa destinée on se trouve enchaîné,
Et je sens bien enfin que le Ciel m'a donné
Pour vous tout le respect, nymphes, imaginable,
Pour elle tout l'amour dont une âme est capable.
Je vois, à la rougeur qui vient de vous saisir,
Que ce que je vous dis ne vous fait pas plaisir.

Si vous parlez, mon cœur appréhende d'entendre
Ce qui peut le blesser par l'endroit le plus tendre ;
Et, pour me dérober à de semblables coups,
Nymphes, j'aime bien mieux prendre congé de vous.

LYCARSIS.

Myrtil, holà ! Myrtil ! Veux-tu revenir, traître !
Il fuit ; mais on verra qui de nous est le maître.
Ne vous effrayez point de tous ces vains transports ;
Vous l'aurez pour époux, j'en réponds corps pour corps.

ACTE II

SCÈNE PREMIÈRE

MÉLICERTE, CORINNE.

MÉLICERTE.

Ah! Corinne, tu viens de l'apprendre de Stelle,
Et c'est de Lycarsis qu'elle tient la nouvelle.

CORINNE.

Oui.

MÉLICERTE.

Que les qualités dont Myrtil est orné
Ont su toucher d'amour Éroxène et Daphné?

CORINNE.

Oui.

MÉLICERTE.

Que pour l'obtenir leur ardeur est si grande
Qu'ensemble elles en ont déjà fait la demande,
Et que dans ce débat elles ont fait dessein
De passer dès cette heure à recevoir sa main?

Ah! que tes mots ont peine à sortir de ta bouche,
Et que c'est foiblement que mon souci te touche!

CORINNE.

Mais quoi! que voulez-vous? C'est là la vérité,
Et vous redites tout comme je l'ai conté.

MÉLICERTE.

Mais comment Lycarsis reçoit-il cette affaire?

CORINNE.

Comme un honneur, je crois, qui doit beaucoup lui plaire.

MÉLICERTE.

Et ne vois-tu pas bien, toi qui sais mon ardeur,
Qu'avec ce mot, hélas! tu me perces le cœur?

CORINNE.

Comment?

MÉLICERTE.

Me mettre aux yeux que le sort implacable
Auprès d'elles me rend trop peu considérable,
Et qu'à moi, par leur rang, on les va préférer,
N'est-ce pas une idée à me désespérer?

CORINNE.

Mais quoi! je vous réponds et dis ce que je pense.

MÉLICERTE.

Ah! tu me fais mourir par ton indifférence.
Mais dis, quels sentiments Myrtil a-t-il fait voir?

CORINNE.

Je ne sais.

MÉLICERTE.

Et c'est là ce qu'il falloit savoir,
Cruelle!

CORINNE.

En vérité, je ne sais comment faire.
Et de tous les côtés je trouve à vous déplaire.

MÉLICERTE.

C'est que tu n'entres point dans tous les mouvements
D'un cœur, hélas! rempli de tendres sentiments.
Va-t'en, laisse-moi seule en cette solitude
Passer quelques momens de mon inquiétude.

SCÈNE II

MELICERTE.

Vous le voyez, mon cœur, ce que c'est que d'aimer,
Et Belise avoit su trop bien m'en informer.
Cette charmante mère, avant sa destinée,
Me disoit une fois, sur le bord du Pénée :
« Ma fille, songe à toi ; l'amour aux jeunes cœurs
Se présente toujours entouré de douceurs.
D'abord il n'offre aux yeux que choses agréables ;
Mais il traîne après lui des troubles effroyables.
Et, si tu veux passer tes jours dans quelque paix,
Toujours, comme d'un mal, défends-toi de ses traits. »
De ces leçons, mon cœur, je m'étois souvenue ;
Et, quand Myrtil venoit à s'offrir à ma vue,
Qu'il jouoit avec moi, qu'il me rendoit des soins,
Je vous disois toujours de vous y plaire moins.
Vous ne me crûtes point, et votre complaisance

Se vit bientôt changée en trop de bienveillance ;
Dans ce naissant amour, qui flattoit vos désirs,
Vous ne vous figuriez que joie et que plaisirs ;
Cependant vous voyez la cruelle disgrâce
Dont en ce triste jour le destin vous menace,
Et la peine mortelle où vous voilà réduit !
Ah ! mon cœur, ah ! mon cœur, je vous l'avois bien dit !
Mais tenons, s'il se peut, notre douleur couverte.
Voici…

SCENE III

MYRTIL, MELICERTE.

MYRTIL.

J'ai fait tantôt, charmante Mélicerte,
Un petit prisonnier que je garde pour vous,
Et dont peut-être un jour je deviendrai jaloux :
C'est un jeune moineau, qu'avec un soin extrême
Je veux, pour vous l'offrir, apprivoiser moi-même.
Le présent n'est pas grand ; mais les divinités
Ne jettent leurs regards que sur les volontés.
C'est le cœur qui fait tout, et jamais la richesse
Des présents que… Mais, Ciel ! d'où vient cette tristesse ?
Qu'avez-vous, Mélicerte, et quel sombre chagrin
Seroit dans vos beaux yeux répandu ce matin ?
Vous ne répondez point, et ce morne silence
Redouble encor ma peine et mon impatience.

Parlez, de quel ennui ressentez-vous les coups?
Qu'est-ce donc?

MÉLICERTE.

Ce n'est rien.

MYRTIL.

Ce n'est rien, dites-vous?
Et je vois cependant vos yeux couverts de larmes.
Cela s'accorde-t-il, beauté pleine de charmes?
Ah! ne me faites point un secret dont je meurs,
Et m'expliquez, hélas! ce que disent ces pleurs.

MÉLICERTE.

Rien ne me serviroit de vous le faire entendre.

MYRTIL.

Devez-vous rien avoir que je ne doive apprendre,
Et ne blessez-vous pas notre amour aujourd'hui
De vouloir me voler ma part de votre ennui?
Ah! ne le cachez point à l'ardeur qui m'inspire.

MÉLICERTE.

Eh bien! Myrtil, eh bien! il faut donc vous le dire...
J'ai su que, par un choix plein de gloire pour vous,
Éroxène et Daphné vous veulent pour époux,
Et je vous avouerai que j'ai cette foiblesse
De n'avoir pu, Myrtil, le savoir sans tristesse,
Sans accuser du sort la rigoureuse loi,
Qui les rend dans leurs vœux préférables à moi.

MYRTIL.

Et vous pouvez l'avoir, cette injuste tristesse!
Vous pouvez soupçonner mon amour de foiblesse,
Et croire qu'engagé par des charmes si doux,

Je puisse être jamais à quelqu'autre qu'à vous!
Que je puisse accepter une autre main offerte!
Hé! que vous ai-je fait, cruelle Mélicerte,
Pour traiter ma tendresse avec tant de rigueur,
Et faire un jugement si mauvais de mon cœur?
Quoi! faut-il que de lui vous ayez quelque crainte?
Je suis bien malheureux de souffrir cette atteinte;
Et que me sert d'aimer comme je fais, hélas!
Si vous êtes si prête à ne le croire pas?

MÉLICERTE.

Je pourrois moins, Myrtil, redouter ces rivales
Si les choses étoient de part et d'autre égales,
Et dans un rang pareil j'oserois espérer
Que peut-être l'amour me feroit préférer;
Mais l'inégalité de bien et de naissance
Qui peut d'elles à moi faire la différence...

MYRTIL.

Ah! leur rang de mon cœur ne viendra point à bout,
Et vos divins appas vous tiennent lieu de tout.
Je vous aime, il suffit, et dans votre personne
Je vois rang, biens, trésors, États, sceptres, couronne,
Et, des rois les plus grands m'offrît-on le pouvoir,
Je n'y changerois pas le bien de vous avoir.
C'est une vérité toute sincère et pure,
Et pouvoir en douter est me faire une injure.

MÉLICERTE.

Hé bien! je crois, Myrtil, puisque vous le voulez,
Que vos vœux par leur rang ne sont point ébranlés,
Et que, bien qu'elles soient nobles, riches et belles,

Votre cœur m'aime assez pour me mieux aimer qu'elles.
Mais ce n'est pas l'amour dont vous suivez la voix :
Votre père, Myrtil, réglera votre choix,
Et de même qu'à vous je ne lui suis pas chère,
Pour préférer à tout une simple bergère.

MYRTIL.

Non, chère Mélicerte, il n'est père ni dieux
Qui me puissent forcer à quitter vos beaux yeux,
Et toujours de mes vœux reine comme vous êtes...

MÉLICERTE.

Ah! Myrtil, prenez garde à ce qu'ici vous faites!
N'allez point présenter un espoir à mon cœur
Qu'il recevroit peut-être avec trop de douceur,
Et qui, tombant après comme un éclair qui passe,
Me rendroit plus cruel le coup de ma disgrâce.

MYRTIL.

Quoi! faut-il des serments appeler le secours,
Lorsque l'on vous promet de vous aimer toujours?
Que vous vous faites tort par de telles alarmes,
Et connoissez bien peu le pouvoir de vos charmes!
Hé bien, puisqu'il le faut, je jure par les dieux,
Et, si ce n'est assez, je jure par vos yeux,
Qu'on me tuera plutôt que je vous abandonne.
Recevez-en ici la foi que je vous donne,
Et souffrez que ma bouche avec ravissement
Sur cette belle main en signe le serment.

MÉLICERTE.

Ah! Myrtil, levez-vous, de peur qu'on ne vous voie.

MYRTIL.
Est-il rien... ? Mais, ô Ciel ! on vient troubler ma joie.

SCÈNE IV

LYCARSIS, MYRTIL, MÉLICERTE.

LYCARSIS.
Ne vous contraignez pas pour moi.
MÉLICERTE.
Quel sort fâcheux !
LYCARSIS.
Cela ne va pas mal, continuez tous deux.
Peste ! mon petit fils, que vous avez l'air tendre,
Et qu'en maître déjà vous savez vous y prendre !
Vous a-t-il, ce savant qu'Athènes exila,
Dans sa philosophie appris ces choses-là ?
Et vous, qui lui donnez de si douce manière
Votre main à baiser, la gentille bergère,
L'honneur vous apprend-il ces mignardes douceurs
Par qui vous débauchez ainsi les jeunes cœurs ?
MYRTIL.
Ah ! quittez de ces mots l'outrageante bassesse,
Et ne m'accablez point d'un discours qui la blesse.
LYCARSIS.
Je veux lui parler, moi. Toutes ces amitiés...
MYRTIL.
Je ne souffrirai point que vous la maltraitiez.

A du respect pour vous la naissance m'engage,
Mais je saurai sur moi vous punir de l'outrage.
Oui, j'atteste le Ciel que, si, contre mes vœux,
Vous lui dites encor le moindre mot fâcheux,
Je vais avec ce fer, qui m'en fera justice,
Au milieu de mon sein vous chercher un supplice,
Et par mon sang versé lui marquer promptement
L'éclatant désaveu de votre emportement.

MÉLICERTE.

Non, non, ne croyez pas qu'avec art je l'enflamme,
Et que mon dessein soit de séduire son âme ;
S'il s'attache à me voir, et me veut quelque bien,
C'est de son mouvement : je ne l'y force en rien.
Ce n'est pas que mon cœur veuille ici se défendre
De répondre à ses vœux d'une ardeur assez tendre :
Je l'aime, je l'avoue, autant qu'on puisse aimer ;
Mais cet amour n'a rien qui vous doive alarmer.
Et pour vous arracher toute injuste créance,
Je vous promets ici d'éviter sa présence,
De faire place au choix où vous vous résoudrez,
Et ne souffrir ses vœux que quand vous le voudrez.

SCÈNE V

LYCARSIS, MYRTIL.

MYRTIL.

Eh bien, vous triomphez avec cette retraite,
Et dans ces mots votre âme a ce qu'elle souhaite ;

Mais apprenez qu'en vain vous vous réjouissez,
Que vous serez trompé dans ce que vous pensez
Et qu'avec tous vos soins, toute votre puissance,
Vous ne gagnerez rien sur ma persévérance.

LYCARSIS.

Comment! à quel orgueil, fripon, vous vois-je aller!
Est-ce de la façon que l'on me doit parler?

MYRTIL.

Oui, j'ai tort, il est vrai, mon transport n'est pas sage.
Pour rentrer au devoir, je change de langage,
Et je vous prie ici, mon père, au nom des dieux,
Et par tout ce qui peut vous être précieux,
De ne vous point servir dans cette conjoncture
Des fiers droits que sur moi vous donne la nature.
Ne m'empoisonnez point vos bienfaits les plus doux.
Le jour est un présent que j'ai reçu de vous;
Mais de quoi vous serois-je aujourd'hui redevable
Si vous me l'allez rendre, hélas! insupportable?
Il est, sans Mélicerte, un supplice à mes yeux;
Sans ses divins appas rien ne m'est précieux;
Ils font tout mon bonheur et toute mon envie,
Et, si vous me l'ôtez, vous m'arrachez la vie.

LYCARSIS, *à part.*

Aux douleurs de son âme il me fait prendre part.
Qui l'auroit jamais cru de ce petit pendart?
Quel amour, quels transports, quels discours pour son âge!
J'en suis confus, et sens que cet amour m'engage.

MYRTIL, *se jetant à ses genoux.*

Voyez, me voulez-vous ordonner de mourir?

Vous n'avez qu'à parler, je suis prêt d'obéir.

LYCARSIS, *à part.*

Je ne puis plus tenir, il m'arrache des larmes,
Et ses tendres propos me font rendre les armes.

MYRTIL.

Que si dans votre cœur un reste d'amitié
Vous peut de mon destin donner quelque pitié,
Accordez Mélicerte à mon ardente envie,
Et vous ferez bien plus que me donner la vie.

LYCARSIS.

Lève-toi.

MYRTIL.

Serez-vous sensible à mes soupirs?

LYCARSIS.

Oui.

MYRTIL.

J'obtiendrai de vous l'objet de mes désirs?

LYCARSIS.

Oui.

MYRTIL.

Vous ferez pour moi que son oncle l'oblige
A me donner sa main?

LYCARSIS.

Oui. Lève-toi, te dis-je.

MYRTIL.

O père le meilleur qui jamais ait été,
Que je baise vos mains après tant de bonté!

LYCARSIS.

Ah! que pour ses enfants un père a de foiblesse!

Peut-on rien refuser à leurs mots de tendresse,
Et ne se sent-on pas certains mouvements doux
Quand on vient à songer que cela sort de vous?

MYRTIL.

Me tiendrez-vous au moins la parole avancée?
Ne changerez-vous point, dites-moi, de pensée?

LYCARSIS.

Non.

MYRTIL.

Me permettez-vous de vous désobéir
Si de ces sentiments on vous fait revenir?
Prononcez le mot.

LYCARSIS.

Oui. Ha, nature, nature!
Je m'en vais trouver Mopse, et lui faire ouverture
De l'amour que sa nièce et toi vous vous portez.

MYRTIL.

Ah! que ne dois-je point à vos rares bontés!
Quelle heureuse nouvelle à dire à Mélicerte!
Je n'accepterois pas une couronne offerte,
Pour le plaisir que j'ai de courir lui porter
Ce merveilleux succès qui la doit contenter.

SCÈNE VI

ACANTE, TYRÈNE, MYRTIL.

ACANTE.

Ah! Myrtil, vous avez du Ciel reçu des charmes
Qui nous ont préparé des matières de larmes,
Et leur naissant éclat, fatal à nos ardeurs,
De ce que nous aimons nous enlève les cœurs.

TYRÈNE.

Peut-on savoir, Myrtil, vers qui de ces deux belles
Vous tournerez ce choix dont courent les nouvelles,
Et sur qui doit de nous tomber ce coup affreux
Dont se voit foudroyé tout l'espoir de nos vœux?

ACANTE.

Ne faites point languir deux amants davantage,
Et nous dites quel sort votre cœur nous partage.

TYRÈNE.

Il vaut mieux, quand on craint ces malheurs éclatants,
En mourir tout d'un coup que traîner si longtemps.

MYRTIL.

Rendez, nobles bergers, le calme à votre flamme :
La belle Mélicerte a captivé mon âme;
Auprès de cet objet mon sort est assez doux
Pour ne pas consentir à rien prendre sur vous;
Et, si vos vœux enfin n'ont que les miens à craindre,
Vous n'aurez l'un ni l'autre aucun lieu de vous plaindre.

ACANTE.

Ah! Myrtil, se peut-il que deux tristes amants...?

TYRÈNE.

Est-il vrai que le Ciel, sensible à nos tourments...?

MYRTIL.

Oui. Content de mes fers comme d'une victoire,
Je me suis excusé de ce choix plein de gloire :
J'ai de mon père encor changé les volontés,
Et l'ai fait consentir à mes félicités.

ACANTE.

Ah! que cette aventure est un charmant miracle,
Et qu'à notre poursuite elle ôte un grand obstacle!

TYRÈNE.

Elle peut renvoyer ces nymphes à nos vœux,
Et nous donner moyen d'être contents tous deux.

SCÈNE VII

NICANDRE, MYRTIL, ACANTE, TYRÈNE.

NICANDRE.

Savez-vous en quel lieu Mélicerte est cachée?

MYRTIL.

Comment?

NICANDRE.

En diligence elle est partout cherchée.

MYRTIL.

Et pourquoi?

NICANDRE.

Nous allons perdre cette beauté.
C'est pour elle qu'ici le roi s'est transporté :
Avec un grand seigneur on dit qu'il la marie.

MYRTIL.

O Ciel! expliquez-moi ce discours, je vous prie.

NICANDRE.

Ce sont des incidents grands et mystérieux.
Oui, le roi vient chercher Mélicerte en ces lieux;
Et l'on dit qu'autrefois feu Belise, sa mère,
Dont tout Tempé croyoit que Mopse étoit le frère...
Mais je me suis chargé de la chercher partout.
Vous saurez tout cela tantôt de bout en bout.

MYRTIL.

Ah! dieux! quelle rigueur! Hé, Nicandre, Nicandre!

ACANTE.

Suivons aussi ses pas afin de tout apprendre.

(Cette comédie n'a point été achevée; il n'y avoit que ces deux actes de faits lorsque le Roi la demanda. Sa Majesté en ayant été satisfaite pour la fête où elle fut représentée, le sieur de Molière ne l'a point finie.)

PASTORALE COMIQUE

NOMS DES ACTEURS

IRIS, jeune bergère . . .	Mlle de Brie.
LYCAS, riche pasteur . .	Molière.
FILÈNE, riche pasteur . . .	D'Estival.
CORIDON, jeune berger . . .	La Grange.
BERGER ENJOUÉ . . .	Blondel.
UN PATRE	Châteauneuf.

PASTORALE COMIQUE

La première scène est entre Lycas, riche pasteur, et Coridon, son confident.

La seconde scène est une cérémonie magique de chantres et danseurs.

Les deux magiciens dansants sont : les sieurs La Pierre et Favier.

Les trois magiciens assistants et chantants sont : messieurs Le Gros, Don et Gaye.

(Ils chantent.)

Déesse des appas,
Ne nous refuse pas
La grâce qu'implorent nos bouches.
Nous t'en prions par tes rubans,
Par tes boucles de diamants,
Ton rouge, ta poudre, tes mouches,
Ton masque, ta coiffe et tes gants.

O toi, qui peux rendre agréables
Les visages les plus mal faits,
Répands, Vénus, de tes attraits
Deux ou trois doses charitables
Sur ce museau tondu tout frais.

Déesse des appas,
Ne nous, etc.

Ah! qu'il est beau,
Le jouvenceau!
Ah! qu'il est beau! ah! qu'il est beau!
Qu'il va faire mourir de belles!
Auprès de lui les plus cruelles
Ne pourront tenir dans leur peau.
Ah! qu'il est beau,
Le jouvenceau!
Ah! qu'il est beau! ah! qu'il est beau!
Ho, ho, ho, ho, ho, ho.

Qu'il est joli,
Gentil, poli!
Qu'il est joli! qu'il est joli!
Est-il des yeux qu'il ne ravisse?
Il passe en beauté feu Narcisse,
Qui fut un blondin accompli.

Qu'il est joli,
Gentil, poli!
Qu'il est joli! qu'il est joli!
Hi, hi, hi, hi, hi, hi.

Les six magiciens assistants et dansants sont les sieurs Chicaneau, Bonard, Noblet le cadet, Arnald, Mayeu et Foignard.

La troisième scène est entre Lycas et Filène, riches pasteurs.

FILÈNE chante.

Paissez, chères brebis, les herbettes naissantes.
Ces prés et ces ruisseaux ont de quoi vous charmer;
Mais, si vous désirez vivre toujours contentes,
Petites innocentes,
Gardez-vous bien d'aimer.

Lycas, voulant faire des vers, nomme le nom d'Iris, sa maîtresse, en présence de Filène, son rival, dont Filène en colère chante :

Est-ce toi que j'entends, téméraire? est-ce toi
Qui nommes la beauté qui me tient sous sa loi?

LYCAS répond :

Oui, c'est moi; oui, c'est moi.

FILÈNE.

Oses-tu bien en aucune façon
Proférer ce beau nom?

LYCAS.

Hé! pourquoi non? hé! pourquoi non?

FILÈNE.

Iris charme mon âme,
Et qui pour elle aura
Le moindre brin de flamme,
Il s'en repentira.

LYCAS.

Je me moque de cela,
Je me moque de cela.

FILÈNE.

Je t'étranglerai, mangerai,
Si tu nommes jamais ma belle
Ce que je dis, je le ferai,
Je t'étranglerai, mangerai :
Il suffit que j'en ai juré.
Quand les dieux prendroient ta querelle,
Je t'étranglerai, mangerai,
Si tu nommes jamais ma belle.

LYCAS.

Bagatelle, bagatelle!

La quatrième scène est entre Lycas et Iris, jeune bergère dont Lycas est amoureux.

La cinquième scène est entre Lycas et un pâtre qui apporte un cartel à Lycas de la part de Filène, son rival.

La sixième scène est entre Lycas et Coridon.

La septième scène est entre Lycas et Filène

Filène, venant pour se battre, chante

Arrête, malheureux!
Tourne, tourne visage,
Et voyons qui des deux
Obtiendra l'avantage.

Lycas parle, et Filène reprend

C'est par trop discourir,
Allons, il faut mourir.

La huitième scène est de huit paysans qui, venant pour séparer Filène et Lycas, prennent querelle et dansent en se battant.

Les huit paysans sont : les sieurs Dolivet, Paysan, Desonets, Du Pron, La Pierre, Mercier, Pesan et Le Roi

La neuvième scène est entre Coridon, jeune berger, et les huit paysans, qui, par les persuasions de Coridon, se réconcilient, et, après s'être réconciliés, dansent.

La dixième scène est entre Filène, Lycas et Coridon.

L'onzième scène est entre Iris, bergère, et Coridon, berger.

La douzième scène est entre Iris, bergère, Filène, Lycas et Coridon.

Filène chante :

N'attendez pas qu'ici je me vante moi-même,
Pour le choix que vous balancez,

Vous avez des yeux, je vous aime :
C'est vous en dire assez.

La treizième scène est entre Filène et Lycas, qui, rebutés par la belle Iris, chantent ensemble leur désespoir.

FILÈNE.

Hélas! peut-on sentir de plus vive douleur?
Nous préférer un servile pasteur!
Oh! Ciel!

LYCAS.

Oh! sort!

FILÈNE.

Quelle rigueur!

LYCAS.

Quel coup!

FILÈNE.

Quoi! tant de pleurs,

LYCAS.

Tant de persévérance,

FILÈNE.

Tant de langueur,

LYCAS.

Tant de souffrance,

FILÈNE.

Tant de vœux,

LYCAS.

Tant de soins,

FILÈNE.

Tant d'ardeur.

LYCAS.

Tant d'amour,

FILÈNE.

Avec tant de mépris sont traités en ce jour!
Ah! cruelle!

LYCAS.

Cœur dur!

FILÈNE.

Tigresse!

LYCAS.

Inexorable.

FILÈNE.

Inhumaine!

LYCAS.

Inflexible!

FILÈNE.

Ingrate!

LYCAS.

Impitoyable!

FILÈNE.

Tu veux donc nous faire mourir?
Il te faut contenter.

LYCAS.

Il te faut obéir.

FILÈNE.

Mourons, Lycas.

LYCAS.

Mourons, Filène.

FILÈNE.

Avec ce fer finissons notre peine.

LYCAS.

Pousse!

FILÈNE.

Ferme!

LYCAS.

Courage!

FILÈNE.

Allons, va le premier.

LYCAS.

Non, je veux marcher le dernier.

FILÈNE.

Puisqu'un même malheur aujourd'hui nous assemble,
Allons, partons ensemble.

La quatorzième scène est d'un jeune berger enjoué qui, venant consoler Filène et Lycas, chante :

Ah! quelle folie
De quitter la vie
Pour une beauté
Dont on est rebuté!
On peut, pour un objet aimable
Dont le cœur nous est favorable,
Vouloir perdre la clarté;
Mais quitter la vie
Pour une beauté
Dont on est rebuté,
Ah! quelle folie!

La quinzième et dernière scène est d'une Égyptienne, suivie d'une douzaine de gens qui, ne cherchant que la joie, dansent avec elle aux chansons qu'elle chante agréablement. En voici les paroles :

PREMIER AIR

D'un pauvre cœur
Soulagez le martyre,
D'un pauvre cœur
Soulagez la douleur!

J'ai beau vous dire
Ma vive ardeur,
Je vous vois rire
De ma langueur.
Ah! cruelle, j'expire
Sous tant de rigueur!
D'un pauvre cœur
Soulagez le martyre,
D'un pauvre cœur
Soulagez la douleur!

SECOND AIR

Croyez-moi, hâtons-nous, ma Sylvie.
Usons bien des moments précieux.
Contentons ici notre envie,
De nos ans le feu nous y convie :
Nous ne saurions, vous et moi, faire mieux.
Quand l'hiver a glacé nos guérets,
Le printemps vient reprendre sa place
Et ramène à nos champs leurs attraits;
Mais, hélas! quand l'âge nous glace,
Nos beaux jours ne reviennent jamais.

Ne cherchons tous les jours qu'à nous plaire,
Soyons-y l'un et l'autre empressés;
Du plaisir faisons notre affaire,
Des chagrins songeons à nous défaire :

Il vient un temps où l'on en prend assez.
Quand l'hiver a glacé nos guérets,
Le printemps vient reprendre sa place
Et ramène à nos champs leurs attraits,
Mais, hélas! quand l'âge nous glace,
Nos beaux jours ne reviennent jamais.

L'Égyptienne qui danse et chante est Noblet l'aîné.

Les douze dansants sont :

Quatre jouant de la guitare : monsieur de Lully, messieurs Beauchamp, Chicaneau et Vagnart,

Quatre jouant des castagnettes : les sieurs Favier, Bonard, Saint-André et Arnald ;

Quatre jouant des gnacares : messieurs La Marre, Des Airs second, Du Feu et Pesan.

NOTES

MÉLICERTE

P. 11, l. 5. *Vous ne saurez pas qu'avec magnificence.* — Cf. *George Dandin*, acte II, sc. VII :

LUBIN.

« Si vous n'aviez point babillé, je vous aurais conté ce qui se passe à cette heure... Vous voudriez que je vous disse que monsieur le Vicomte vient de donner de l'argent à Claudine. »

– 20. *D'une stade loin.* On dit aujourd'hui *un* stade pour désigner cette mesure itinéraire grecque, qui valait environ 184 mètres.

24, 2. *Et que c'est foiblement que mon souci vous touche.* A comparer avec la scène de Marianne et de Dorine (*Tartuffe*, acte II, sc. III).

34, 14. *Oui. Ha! nature, nature!* C'est le mot d'Argan quand sa fille Angélique sourit au mot de mariage : « Cela est plaisant, oui. Il n'y a rien de plus drôle pour les jeunes filles. *Ah! nature, nature!* » (*Malade imaginaire*, acte I, sc. V.

PASTORALE COMIQUE

Les éditeurs de 1682 n'ont pas reproduit la *Pastorale comique*. Nous ne pouvons en donner que la partie publiée dans le livret du *Ballet des Muses*, imprimé en 1666 par Robert Ballard.

P. 51, l, 13. *Gnacares*, de l'italien *nacchere*, espèce de timbales de petite dimension et de diamètre inégal.

Est-ce bien, comme on l'a dit, le même instrument que les *nacaires*, originaires d'Orient, et qui se répandirent en Europe après les croisades?

A PARIS

DES PRESSES DE D. JOUAUST

Rue de Lille, 7

M DCCC XCII

LES PIÈCES DE MOLIÈRE

PUBLIÉES SÉPARÉMENT

Avec Dessins de Louis Leloir, gravés par Champollion

NOTICES ET NOTES PAR AUG. VITU ET G. MONVAL

EN VENTE : *L'Étourdi*, 6 fr. — *Dépit amoureux*, 6 fr. — *Les Précieuses ridicules*, 4 fr. 50. — *Sganarelle, ou le Cocu imaginaire*, 4 *fr*. 50. — *Dom Garcie de Navarre*, 5 fr. 50. — *L'École des Maris*, 5 fr. — *Les Fâcheux*, 5 fr. — *L'École des Femmes*, 6 fr. — *La Critique de l'École des Femmes*, 5 fr. — *L'Impromptu de Versailles*, 4 fr. 50. — *Le Mariage forcé*, 5 fr. — *La Princesse d'Élide*, 5 fr. — *Dom Juan*, 6 fr. — *L'Amour médecin*, 5 fr. — *Le Misanthrope*, 6 fr. 50. — *Le Médecin malgré lui*, 5 fr.

SOUS PRESSE : *Le Sicilien*.

DANS LE MÊME FORMAT

PETITE BIBLIOTHÈQUE ARTISTIQUE

Comprenant plus de 100 volumes

Derniers ouvrages publiés :

CONTES DE LA FONTAINE, dessins d'ÉD. DE BEAUMONT, gravés par BOILVIN. 2 vol. . . . . 35 fr.

FABLES DE LA FONTAINE, dessins d'ÉMILE ADAN, gravés par LE RAT. 2 vol. . . . . 40 fr.

LETTRES PERSANES, de Montesquieu, dessins d'ÉD. DE BEAUMONT, gravés par BOILVIN. 2 vol. . . . . 30 fr.

FABLES DE FLORIAN, dessins d'ÉMILE ADAN, gravés par LE RAT. . . . . 20 fr.

WERTHER, de Gœthe, gravures de LALAUZE. . . 20 fr.

LES QUINZE JOYES DE MARIAGE, 21 gravures de LALAUZE imprimées dans le texte. . . . . 30 fr.

MES PRISONS, dess. de BRAMTOT, gr. par TOUSSAINT. 20 fr.

LES CAQUETS DE L'ACCOUCHÉE, 14 gravures de LALAUZE imprimées dans le texte. . . . . 25 fr.

LE VICAIRE DE WAKEFIELD, gravures de LALAUZE. 2 vol. . . . . 25 fr.

LA NOUVELLE HÉLOISE, gravures d'HÉDOUIN hors texte, gravures de LALAUZE dans le texte. 6 vol . . . . . . 45 fr.

MÉMOIRES DE MADAME DE STAAL, 9 gravures hors texte et 31 gravures dans le texte, par LALAUZE. 2 vol. 30 fr.

www.ingramcontent.com/pod-product-compliance
Ingram Content Group UK Ltd.
Pitfield, Milton Keynes, MK11 3LW, UK
UKHW031940260826
14628UKWH00004B/1763

9 782329 479439